혼자 밥을 먹고,
혼자 잠들던 나는

오천 원짜리
왕딱지를 갖기 전엔
절대 아빠가 이길 수 없을 거라고
말하고 싶었다.

**이영아**

산책을 하고, 글을 쓰고, 가끔씩 빵을 구우며 살고 있습니다. 글 쓰는 일은 새로운 빵을 구울 때보다 더 가슴이 뜁니다. 어릴 때부터 바라던 꿈이 이루어졌기 때문입니다. 재미있는 것들이 넘쳐 나는 세상에서 생명력 있게 살아남는 동화를 쓰고자 애쓰고 있습니다. 2010년 광주일보 신춘문예에 동화가 당선되었고, 대학원에서 동화를 공부했습니다. 지은 책으로 『편의점』, 『그 형』이 있습니다.

**이소영**

한국과 프랑스에서 활동하는 그림책 작가입니다. 쓰고 그린 작품으로 『여름』, 『괜찮아, 나의 두꺼비야』, 『안녕, 나의 루루』, 『힘내, 두더지야』, 『자, 맡겨 주세요』 등 다수가 있으며, 2014년 '올해의 볼로냐 일러스트레이터', 2021년 '화이트 레이븐스', 2021년 'Prix Millepages', 2023년 'Prix Livrentête', 2024년 '한국에서 가장 즐거운 책' 등에 여러 작품들이 선정되었습니다. 이 외 『편의점』, 『움직이는 생각 1권·잃어버린 거울』, 『이제, 날아오르자』, 『다랑쉬굴 아이』, 『이야기 귀신의 복수』 등 여러 동화책과 그림책에 그림을 그렸습니다. 우리 주변의 삶과 삶 속에서 느끼는 마음과 관계, 정체성, 결핍 등을 그림책에 담아내려고 고민합니다.

**겨울나기** | 고래뱃속 창작동화 ● ◀━

1판 1쇄 2025년 1월 6일 | 글 이영아 | 그림 이소영 | 편집 백지원 백다영 | 아트디렉팅 이인영 | 디자인 림어소시에이션 | 찍은곳 동인AP 031. 943. 5401
펴낸이 김구경 | 펴낸곳 고래뱃속 | 출판등록 제2021–000057호 | 주소 서울특별시 강서구 강서로56가길 37, 502호 | 전화 02. 3141. 9901
전송 0303. 3448. 9901 | 전자우편 goraein@goraein.com | 홈페이지 www.goraein.com | 페이스북 goraein | 유튜브 goraein | 인스타그램
고래인 goraein, 고래뱃속 goraebaetsok | Copyright ⓒ 이영아, 이소영, 2025 | ISBN 979-11-93138-61-8 73810 | 이 책의 국내외 출판 독점권은
고래뱃속에 있습니다.

KC 제품명 겨울나기 | 제조자명 고래뱃속 | 제조국명 대한민국 | 인증유형 공급자 적합성 확인 | 사용 연령 7세 이상 | 주소 서울특별시 강서구 강서로56가길 37, 502호 | 전화 02.3141.9901
제조일 2025년 1월 6일 | KC마크는 이 제품이 공통안전기준에 적합하였음을 의미합니다. | ⚠주의 아이들이 책을 입에 대거나 모서리에 다치지 않게 주의하세요.

# 겨울나기

이영아 글 이소영 그림

고래뱃속
GORAEBAETSOK

"일어나 봐, 할 말이 있다니까."

앞니 한 개가 없어서 그런지 발음이 이상하다. 내 이름을 부를 때는 더 이상하다. 이불로 몸을 돌돌 말고 앉았다.

"짜장면 집 아빠 친구 알지? 거기서 또 오라고 하네."

"안 돼!"

언제부터 아빠가 내 눈치를 보기 시작했는지 모르겠다.

이사를 자주 다닐 때부터인지, 엄마와 헤어질 때부터인지.

"거기서 일하면 돈을 더 받을 수 있어. 그러면 태수 네가 좋아하는 그림도 그릴 수 있고."

"싫다니까!"

아빠 친구 집은 여기서 너무 멀다. 또 이사를 하고 전학을 갈지 모른다. 나는 아예 이불을 뒤집어써 버렸다. 아빠 한숨 소리가 들렸다.

예전의 아빠 같으면 담배라도 피웠을 텐데 여기선 그럴 수가 없다.
교회 사람들이 담배 냄새라면 질색을 한다. 교회 건물 3층으로 이사
온 지 1년이 됐다. 공부방 원장님이 얘기를 해서 만든 곳이다. 방이 직
사각형으로 길쭉하다.

원래 복도 같은 곳이었는데 장판을 깔고, 도배를 했다. 몹시 추웠고,

수도가 없어서 씻거나 화장실에 가려면 아래층으로 내려가야 한다.

그래도 마음에 든다. 이제 전학을 가지 않아도 되니까.

"알았으니까 돌아다니지 말고 수업 끝나면 공부방에 가서 놀아. 좋잖아. 따뜻한 밥도 먹고 또……."

아빠가 신발을 신다가 또 뭐가 좋은지 생각하고 있다.

"원장님이 상담하자고 자꾸 그런다. 오늘은 꼭 가."

할 말이 없으니까 딴말을 했다.

아빠는 상담하는 걸 싫어한다. 담임 선생님과도 한 적이 없다. 오늘도 공부방에 안 가면 원장님이 아빠랑 기어이 상담을 할 거다. "태수 아버님, 아들과 대화를 많이 나누세요." …… 어쩌고저쩌고. 그래, 아빠가 싫어하는 것을 하나쯤 하지 않기로 했다.

"알았어."

이불 밖으로 고개를 내밀고 대답했다. 말을 할 때마다 김이 하얗게 나왔다. 이불 속에서 뭉그적거리다 하마터면 지각할 뻔했다.

수업이 시작되었는데도 자꾸 딴생각이 들어왔다. 엄마 생각을 몇 번 하다 보니까 수업이 끝나 버렸다. 휴대폰을 받자마자 엄마한테 문자를 보냈다. 내가 유일하게 다른 애들처럼 누리는 거라면 스마트폰이 있다는 거다.

공부방에 갔다. 입구에 들어서자 구구단 외우는 소리가 들렸다. 저녁밥 먹는 시간이다. 떠들던 아이들이 식판을 들고 서서 일제히 구구단을 합창했다. 원장님은 이렇게 해야 아이들이 조용해진다고 생각한

다. 내가 공부방에 가기 싫은 이유 중 하나가 구구단 합창 때문이란 걸
모른다. 밥 먹고 싶은 생각이 싹 달아났지만 아빠를 위해서 참는다. 붕
어처럼 입만 벙긋거렸다.

밥을 먹고 있는데 원장님이 웃으며 다가왔다.

"태수야, 이제 친구들이랑 싸우지 않고 잘 지내지? 성적은 좀 올랐니?"

한 번도 말을 섞어 보지 않은 중학생 누나와 수다쟁이 진아가 귀를 쫑긋 세우고 쳐다봤다. 공부방에 오기 싫은 이유 두 번째. 어른들은 참 이상하다. 이건 아주 중요한 얘기인데 우리에게 아무 때나 묻는다. 정작 어른들끼리는 카페에 가거나, 담배를 빨거나, 술을 먹으며 온갖 분위기를 다 잡고 얘기하면서.

14

'아니에요, 원장님. 자꾸 눈에 거슬리는 애가 있는데 어떻게 그냥 둬요? 공부도 기초가 부족해서 진도를 따라가지 못해요. 전학을 자주 다닌 탓이죠. 근본적인 원인은 아빠랑 엄마가 이혼을 해 정서가 불안해서이고요.'

이렇게 말해야 맞지만 와작와작 깍두기를 씹으면서 내가 할 수 있는 말은 별로 없다.

"…… 네."

"그럼, 그래야지. 혼자 사는 아빠를 생각해서라도."

'네네! 아무렴요!'

고개만 끄덕였다. 여기 지역아동센터에서는 아빠와 둘이 사는 건 아무것도 아니다. 엄마와 둘이 사는 아이, 할머니나 할아버지와 둘이 사는 아이들도 있다. 원장님이 내 등을 다독이며 요구르트 한 개를 더 가져다주었다.

밥만 먹고 공부방에서 나왔다. 자전거를 타고 동네 한 바퀴를 돌면 속이 후련할 거 같았다. 아빠한테 자전거를 사 달라고 했더니 조금만 더 기다리라고 했다. 그런 지 벌써 1년이 지났다.

교회 계단을 오르면서 문자를 확인했다. 아직 답이 없었다.

내가 초등학교 1학년 때 아빠 엄마는 짜장면 집을 했다. 태어나서
오로지 짜장면 집에서만 일을 했던 아빠가 드디어 가게를 차린 거다.
그날을 잊지 못해 지금도 가끔 얘기를 한다.

그때 내 방에는 늘 동화책보다 냅킨이거나 나무젓가락이거나 광고지가 산처럼 쌓여 있었다. 아빠 말로는 아빠가 만든 짜장면이 최고였다고 하지만 믿을 수 없었다. 최고로 맛있는 짜장면 집이 2년 만에 망할 리 없을 테니까.

"망한 게 아니라니까. 건물이 다른 사람한테 팔렸는데 새 주인이 막 무가내로 세를 올렸다니까!"

그런 후 얼마 지나지 않아 아빠 엄마는 내가 모르는 말들을 가만가만 속삭였다. 은행, 빌린 돈, 권리금……. 그러더니 금방 빚더미에 앉게 되었다. 아빠의 20년 꿈이 사라지는 데 걸리는 시간은 1년도 채 걸리지 않았다. 그 무렵 아빠는 막 이 치료를 시작했는데, 돈이 없어서 어쩔 수 없이 중단하게 됐다. 이는 짓다 만 건물처럼 흉물스러웠다.

"이럴 줄 알았더라면 뽑지나 말걸!"

아빠는 짜장면 집을 잃은 것만큼이나 원통해했다.

처음에 아빠 엄마는 비슷한 처지의 세 든 사람들끼리 뭉쳐서 농성을 했다. 빨간색 조끼를 입은 사람들과 날마다 건물 앞에서 뭔가 외쳤는데 그때만큼은 아빠의 이상한 발음이 표가 나지 않았다. 아빠 엄마는 점점 집에 들어오는 시각이 늦어졌다.

법원에도 다니면서 권리니 뭐니 되찾으려고 온갖 노력을 다했다.
심지어 아빠는 머리까지 깎았다. 그 모습을 텔레비전에서 처음 봤는
데 여태 알고 있던 아빠 모습이 아니었다. 무섭기도 했지만 똑똑한 사
람 같아 좋았다.

26

그걸 보면서 친구들과 딱지치기했던 일이 생각났다. 어느 날 한 개에 오천 원씩이나 하는 왕딱지를 가진 아이가 나타나 우리 반 아이들 딱지를 몽땅 따 버렸다. 딱지치기 왕인 내가 백 개의 딱지를 가지고 덤벼도 이길 수가 없었다. 딱지치기 실력하고는 아무 상관이 없었다.

혼자 밥을 먹고, 혼자 잠들던 나는 오천 원짜리 왕딱지를 갖기 전엔 절대 아빠가 이길 수 없을 거라고 말하고 싶었다. 결국 아빠와 엄마도 그걸 알게 되었고, 그때는 이미 냅킨이거나 나무젓가락이거나 광고지가 산처럼 쌓인 비좁은 방마저 없어진 후였다.

그러다 아빠와 엄마는 다른 일로 법원을 다니느라 바빠졌다.

지금도 궁금하다. 아빠 엄마는 잘 지냈는데 왜 헤어지게 되었는지.

크면 다 이해할 거라고 했다. 내가 다 자란 후? 아빠 엄마가 별로 필요

하지 않을 때쯤?

"아빠가 못나서 그런 거지 뭐. 태수야, 아빠가 돈 많이 벌면, 그러니까 빚 다 갚으면 엄마가 다시 올까?"

빠진 이 사이로 새어 나오는 아빠의 발음이 슬프게 들렸다.

"아빠 같으면 오겠어? 이빨 치료나 하든지!"

그러면 아빠는 잊고 있었다는 듯 거울에 이를 비춰 보며 중얼거렸다.

"멀쩡한 옆에 이도 흔들리네."

그때 아빠와 나는 찜질방에서 지낼 때라 다른 것을 생각할 겨를이 없었다. 한 번도 다른 직업을 가져 보지 못한 아빠는 짜장면 만드는 것 말고는 할 줄 아는 게 없었다. 그런 아빠를 보면 엄마가 떠난 것을 이해할 수 있을 것 같기도 했다. 하지만 나를 떠난 이유는 도저히 이해할 수 없었다.

문래동 위치를 확인하고, 검색창에 '문래동 가려면 어떻게 해야 하
나요?'라고 올렸더니 댓글이 세 개나 있었다. 맛집까지 친절하게 올린
아이디도 있었다. 스마트폰에 저장을 했다. 아빠한테 얘기를 해야 할
지 말아야 할지 감이 서지 않았다. 일단 안 하기로 했다. 꼭 갈 건데 가
지 말라고 하면 기분만 나빠진다. 문자가 왔다.

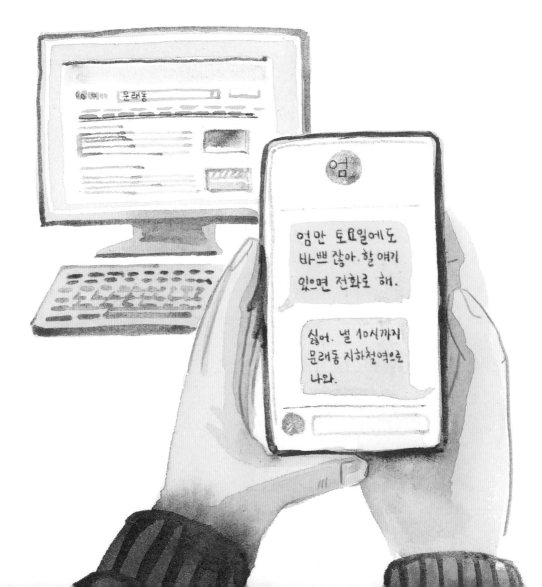

기분이 팍 상했다. 엄마 생각이 자꾸 나는 것도 짜증이 났다. 지난주에는 사장한테 눈치 보인다고 만난 지 30분 만에 가 버렸다. 하긴 그래도 괜찮았다. 엄마를 만나서 함께 밥을 먹고, 함께 얘기를 하면 잠깐이지만 나도 다른 애들과 비슷해진 것 같았다. 원장님과 아빠는 내가 이러는 게 사춘기여서라고 간단히 결론을 내렸다.

답이 오지 않았다. 괜찮다. 설마 거기까지 갔는데 엄마를 못 만나

겠어?

창밖을 내다보니 집집마다 켜진 불빛이 따뜻해 보였다. 기분이 조

금 좋아졌다.

오늘은 아빠가 좀 늦었다. 기분이 좋아 보였다.

"공부방 갔나?"

"응."

"짜장면 집 친구가 토요일, 일요일 이틀만 도와 달라고 사정을 해서 그런다고 했다."

아빠가 내 얼굴을 슬쩍 살폈다. 그것까지 막을 순 없다. 오히려 잘됐는지도 모른다. 내일 아침 몰래 가려고 애쓰지 않아도 되니까. 나는 고개를 끄덕였다.

6학년이 되어서 좋은 점은 어디든 갈 수 있게 된 거다. 작년까지만 해도 겁이 났는데 어느 순간 차를 타거나 낯선 곳에 가는 게 만만해졌다.

내일 가려면 돈이 필요하다. 자전거 사려고 모은 돈을 꺼내는데 오래된 스케치북이 툭, 떨어졌다. 이사를 열 번도 더 다닌 틈에도 없어지지 않고 있는 게 신기했다. 그랬었지. 하루 종일 그림만 그린 적도 있었지.

아빠는 아침 일찍 나갔다. 나도 대강 씻고 집을 나섰다. 버스 정류장

에 서 있는데 문자가 왔다. 엄마다.

눈이 오려는지 하늘이 흐렸다. '매주 너를 만나니'라니! 다들 매일 만나면서 사는데 일주일에 한 번도 안 돼? 엄마는 아들이 보고 싶지 않은 거야? 나한테 미안하지도 않은 거냐고! 이렇게 생각하면 너무 비참하다. 아닐 거야. 도리질을 했다. 어떻게 해서든 시간을 내려고 했을 거다. 그런데 고약한 사장이 엄마의 외출을 허락하지 않았을 거라고 생각을 바꿨다. 그런데도 가슴이 시렸다.

망설였다. 신발 앞부리로 언 땅을 톡톡 차고 있는데 저만치 수다쟁이 진아가 뛰어왔다. 우리 집 쪽으로 온다. 무슨 일이지? 아참, 우리 집이 교회지. 토요일엔 학생부 교제가 있다.

"오빠, 교회 안 가고 어디 가?"

오지랖 넓기는. 진아를 흘겨봤다.

"꼭 온다고 선생님과 약속하는 거 내가 봤다."

할 말을 찾고 있는데 버스가 왔다. 앗싸, 엄마를 만나라고 하늘이 돕는구나! 버스를 냉큼 탔다. 놀라 쳐다보는 진아를 보니 괜히 고소했다.

한참을 가다가 버스에서 내려 지하철로 갈아탔다. 생각보다 멀었다. 엄마는 며칠 전에 문래동으로 이사를 했다. 우리보다 더 자주 집을 옮긴다. 지하철에서 내려 조금 여유가 있어 천천히 걸었다. 짜장면 집이 망하지 않았어도 아빠 엄마가 헤어졌을까? 얼굴도 모르는 막무가내 건물 주인을 생각하자 열이 뻗쳤다.

12시가 지났는데도 엄마는 오지 않고 문자도 없다. 배가 고팠다. 호주머니 속 돈을 만지작거렸다. 내 돈으로 밥을 사 먹을 거라고는 생각하지 못했다. 지하상가 편의점에서 삼각김밥을 사 먹었다. 답답해 잠깐이라도 밖으로 나가고 싶었지만 그사이 엄마가 올지 몰라서 참았다.

41

게임을 하고, 역 안을 몇 번이나 왔다 갔다 했다. 문자가 왔는지 스마트폰을 들여다보는 바람에 배터리만 다 닳았다. 지루했다. 엄마가 보낸 문자를 찾아서 다시 읽었다.

이제야 엄마가 진짜 안 올지도 모른다는 생각이 들었다. 춥다. 배도 고프고…… 화도 나고, 눈물도 나고.

'이제 온다고 해도 소용없어! 흥, 내가 만나 주나 봐라!'

스마트폰 전원을 꺼 버렸다.

지하도 밖으로 나왔다. 찬바람이 점퍼 속을 파고들었다. 컵라면을
사 먹으며 머릿속을 정리했다. 엄마한테 무슨 사정이 있었을 거라고
애써 생각하는데도 화가 수그러지지 않았다.

집에 가려고 거꾸로 지하철을 타고, 버스로 갈아탔다. 갈 집이 있다는 생각을 하자 화가 겨우 잠잠해졌다. 한때 수업이 끝나면 학교 운동장에서 아빠를 기다렸다가 그날 잘 곳을 정했던 시절이 있었다. 찜질방이라든가, 여관이라든가.

차창 밖이 금세 어두워졌다. 자동차들이 씽씽 달렸다. 피곤했지만 잠은 오지 않았다. 김이 서린 창문에 낙서를 했다.

가라앉았던 생각들이 다시 고개를 내밀었다.

'그렇다고 진짜 안 와? 내가 온 거 뻔히 알면서.'

눈물이 찔끔 나왔다. 머리카락을 쥐어뜯었다. 누가 쳐다보든지 말든지. 이제 엄마가 만나자고 할 때까지 안 찾아갈 거다.

그러고도 괜찮을 수 있을까? 공부방에도 가기 싫고, 만날 친구도 없는데……. 어쩌다 친구가 생기면 이사를 갔다. 어느 때부터인가 혼자 놀았다. 학교에서도 혼자였지만 집에서도 혼자였다. 눈물이 또 나왔다.

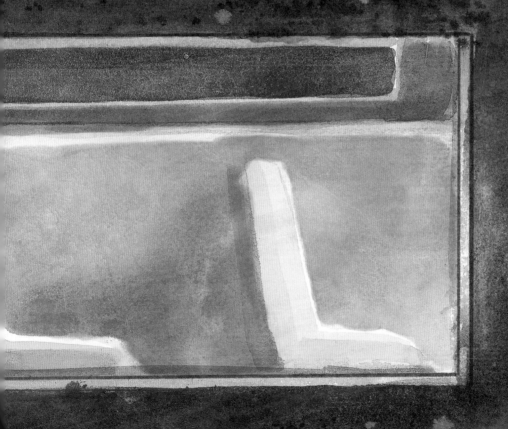

'그림을…… 그릴까?'

눈물을 닦았다. 냅킨에도 그림을 그리고, 광고지 뒷면에도 그림을 그렸던 기억이 생각났다.

'진짜…… 그림을 그려 볼까?'

아빠 엄마는 내가 그린 그림들을 방 안에 가득 붙였다. 선생님도 잘 그린다고 했다. 마침 미술 학원도 지금 사는 집과 가깝다! 점점 생각이 커지기 시작하더니 집에 도착할 때쯤 머릿속이 빵빵해졌다. 마음이 바빴다.

'그림 도구가 제대로 있을까? 없을 거야. 좀 이사를 다녔어야 말이지.'

버스에서 내려 뛰었다. 계단을 두 칸씩 올라갔다.

늦은 시각인데 아빠는 오지 않았고, 집은 썰렁했다. 상관없다. 나는 더미처럼 쌓인 짐 속을 뒤졌다. 끝이 뭉개진 붓과 말라비틀어진 물감이 나왔다. 마지막으로 썼던 게 언제였을까? 까마득했다. 비록 쓸모는 없었지만 보는 것만으로도 흥분되었다. 자전거를 사려고 모은 돈을 세었다. 이 정도면 물감하고 붓을 살 수 있을 거다.

49

이윽고 아빠가 들어왔다. 깜짝 놀랐다. 아빠 입안에 솜뭉치가 가득
들어 있었기 때문이다.

"왜 그래?"

　옷 여기저기 피가 묻어 있고, 팔에는 붕대가 감겨 있는데도 미소를
짓고 있었다. 아빠가 무슨 말인가 열심히 했는데 내가 못 알아듣자 메
모지에 글씨를 썼다.

어이가 없었다. 엄마한테 바람맞은 나를 아빠가 토네이도급으로 흔
드는구나. 그림 때문에 한껏 부풀었던 꿈이 와르르 무너졌다.

"싫다고 했잖아! 왜 아빠 마음대로 정해!"

내 목소리가 커지자 아빠가 또 재빨리 글씨를 쓰기 시작했다.

"다 필요 없어!"

울면서 악을 썼다. 정말 전학 가는 거 싫다.

아빠가 황급히 입안 솜뭉치를 뺐다.

"태흐야! 이사 아 가드 대. 저하 아 가드 대."

이상한 발음이었다. 그래도 무슨 말인지 대충 알아들었다.

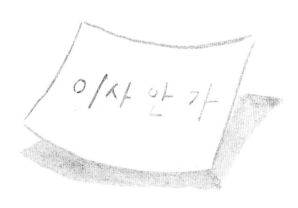

그래도 안심이 안 됐던지 아빠가 쓰다 만 메모지에 계속 글씨를
썼다.

친구가 스쿠터 타고
출퇴근하란다. 아빠가
만든 짜장면에 친구가
반한 거지. 말했잖아.
아빠가 만든 짜장면이
최고라고!

아빠가 내 손을 잡아끌고 밖으로 나갔다. 3층 계단에서 내려다보니까 과연 검은 물체가 있었다. 눈물 때문인지, 어둠 때문인지 잘 보이지 않았지만 '스쿠터'였다.

"이 팔로 운전하고 온 거야?"

훌쩍이며 물었다. 아빠는 뭐 어때, 하는 표정으로 어깨를 으쓱했다.

"운전 조심히 해. 헬멧 꼭 쓰고."

아빠가 말 잘 듣는 아이처럼 고개를 끄덕였다.

"태흐 너도 그임 그여. 아바가 다 해 주흐 이허."

아, 왜 이 순간에 엄마가 생각나지? 이제 엄마만 있으면 완벽할 것 같았다. 심호흡을 했다.

어서 내일이 오면 좋겠다. 물감을 사고, 붓을 사고…… 그림을 그리
자. 엄마가 없어도 완벽할 때까지.